D1143917

Nous remercions le Conseil des Arts du Canada,
le ministère du Patrimoine canadien et la SODEC
de l'aide accordée à notre programme de publication.

Le Conseil des Arts du Canada depuis 1957 | The Canada Council for the Arts since 1957

Patrimoine canadien | Canadian Heritage

Illustration de la couverture
et illustrations intérieures:
Isabelle Langevin

Édition électronique:
Infographie DN

Dépôt légal: 1er trimestre 1998
Bibliothèque nationale du Canada
Bibliothèque nationale du Québec
123456789 IML 98

ISBN 2-89051-695-4
10905

Le rescapé de l'archipel des Dragons Éteints

DE LA MÊME AUTEURE

Aux Éditions Pierre Tisseyre (pour la jeunesse):

«Un déménageur sans empreintes», nouvelle du collectif Entre voisins, collection Conquêtes, 1997.

Le congrès mondial des gens bizarres, roman, collection Tante Imelda, 1997.

La baronne de la Longue Aiguille, roman, collection Tante Imelda, 1997.

Aux Éditions HRW (pour la jeunesse):

Les terrifiantes croustilles de tante Imelda, roman, 1994.

Le mal mystérieux de la salamandre à quatre orteils, roman, 1995.

Le terrible héritage de Constance Morneau, roman, 1996.

Le dernier vol de l'engoulevent, roman, 1996.

Philippe et son inséparable Dorgé, roman, 1997.

Valérien, le petit ogre végétarien, roman, 1997.

Aux Éditions Stanké (pour les adultes):

Défense et illustration de la toutoune québécoise, essai, 1991.

Ma belle pitoune en or, roman, 1993.

La couleuvre, roman, 1995.

Babyboom blues, récits, 1997.

Données de catalogage avant publication (Canada)

Allard, Francine

Le rescapé de l'archipel des dragons éteints

(Tante Imelda; 3)

Pour les jeunes.

ISBN 2-89051-695-4

I. Titre II. Collection: Allard, Francine, Tante Imelda; 3.

PS8551.L547R47 1998 jC843'.54 C98-940092-1
PS9551.L547R47 1998
PZ23.A44Re 1998

Le rescapé de l'archipel des Dragons Éteints

Francine Allard

ÉDITIONS
PIERRE TISSEYRE

5757, rue Cypihot, Saint-Laurent (Québec) H4S 1R3
Téléphone: (514) 334-2690 – Télécopieur: (514) 334-8395
http ://ed.tisseyre.qc.ca
Courriel: info@ed.tisseyre.qc.ca

À tous les lecteurs et lectrices
qui en ont assez des horreurs de la vie
et qui croient qu'il y a, quelque part,
sur une île au sud du monde,
un petit dragon qui aime les enfants.

1

Une dinde qui s'ignore

Gérard, le nez dans le journal du matin, s'exclame devant une nouvelle qui semble le faire frémir :

— Bateau des noms ! Ce n'est pas possible ! Pauvres bêtes !

Il n'en faut pas plus pour que tante Imelda, les cheveux entortillés sur les oreilles comme des brioches, sorte du

placard, un torchon à la main. Elle porte son petit tablier de dentelle noué à la taille par une jolie boucle de satin.

Elle ressemble à un gros cadeau d'anniversaire.

Elle tripote depuis l'aube dans ce cagibi qui lui sert de garde-manger pour sa ménagerie. Les légumes en conserve, les graines pour les oiseaux, les sacs de nourriture en granules. Il y a aussi les vitamines, les antibiotiques, les poudres et les shampooings contre les tiques et les puces. Toute la pharmacopée vétérinaire s'y trouve rangée.

— Comment ça, pauvres bêtes? De qui parles-tu, mon Gérardoux? demande-t-elle, visiblement inquiète.

Toutes les nouvelles concernant les animaux produisent sur ma grand-tante une réaction parfois exagérée. Elle les aime tant qu'elle ferait sans doute un grand détour pour ne pas écraser une minuscule fourmi.

— C'est effroyable! Un véritable génocide! s'écrie Gérard en ajustant ses lunettes.

Tante Imelda s'amène devant lui en trépignant d'impatience. Je ris. Dans les

situations les plus dramatiques, elle me fait quand même rigoler.

— Allons, parle maintenant que tu as aiguisé ma curiosité !

— Je ne sais pas si je devrais..., ajoute Gérard en lorgnant de mon côté, avec un air mystérieux.

N'y tenant plus, Tante Imelda arrache le journal des mains de son vieux mari. Elle cherche du regard LA nouvelle qui a pu susciter autant de réactions chez son compagnon. Elle scrute le journal et ses yeux zigzaguent. Elle lit et ses lèvres s'activent. La voix presque éteinte, elle marmonne des phrases incompréhensibles, puis elle s'arrête sur un petit article au bas de la page trois.

— NON !

— Mais oui, ma pauvre Imelda ! Je savais que tu n'en reviendrais pas. C'est d'ailleurs incroyable, cette nouvelle. Tout à fait insolite !

Je les écoute et c'est à mon tour d'être intriguée par cet entrefilet. Gérard a dit « les pauvres bêtes ». J'imagine qu'on doit parler des bélugas capturés dans les filets des pêcheurs de morue. Ou des éléphants assassinés pour leurs défenses.

Je m'approche de Gérard.

— Qu'y a-t-il, enfin?

Tante Imelda parcourt l'article du journal. Elle porte la main à son cœur, puis se met à lire à voix haute:

— «L'an dernier, 4,8 millions de dindes n'ont pas échappé au massacre des abatteurs de volailles. Les pauvres gallinacées n'ont pas perdu que des plumes, elles ont aussi perdu la tête...»

Tante Imelda interrompt sa lecture, touchée par cette évidence. Elle rajuste son tablier et continue:

— «... pour satisfaire les amateurs qui fêtent par millions l'Action de grâces et la Thanksgiving en s'attablant chaque année devant le célèbre oiseau rôti. Ainsi les éleveurs de dindes continuent-ils à occire des millions de pauvres bêtes engraissées expressément pour le plaisir de gastronomes sanguinaires!» Et voilà! Ce journaliste a raison. Il faut empêcher une telle tuerie!

— Quoique... une bonne cuisse bien juteuse et bien grillée..., risque Gérard, les papilles gustatives en activité.

— GÉRARD MC DERMOTT! Depuis que tu es marié avec moi, as-tu déjà manqué de nourriture?

— N… non, ma biche! concède mon grand-oncle tout en retrouvant sa timidité.

— Comme tu n'as pas perdu ta jolie petite chambre à air autour de la taille, tu dois donc satisfaire ton appétit, j'imagine.

— Tu as raison, ma dulcinée enflammée, avoue Gérard en marchant sur des œufs.

— Donc, si tu n'es pas devenu un petit maigrichon anorexique, c'est que ma cuisine végétarienne te convient, n'est-ce pas?

— Elle me convient tout à fait!

— Et toi, Ingrid, la chair de ces pauvres animaux innocents manque-t-elle dans ton assiette?

Je me hâte de la rassurer, sinon je sens qu'elle va faire une crise de nerfs mémorable:

— J'adore votre cuisine sans viande, tante Imelda.

— Il faut donc faire quelque chose pour venir en aide à ces pauvres oiseaux. Qu'en pensez-vous? nous demande-t-elle avec insistance.

Gérard et moi, nous nous fixons droit dans les yeux. Une autre aventure abracadabrante? Pourquoi pas.

— Bonne idée! répondons-nous en duo.

Tout en réfléchissant aux grands enjeux et aux moyens à adopter pour la sauvegarde des dindons, Gérard et moi décidons d'aider tante Imelda à nourrir les nombreuses bêtes qui habitent chez les Mc Dermott. Des légumes pour Hubert, le chuckwalla. Des fruits et des graines de mil pour Fidel et Mao, les deux cacatoès. De la laitue pour Sandrine et Victor, les salamandres roses à quatre orteils, et du chou de mer pour Marguerite, la tortue géographique qui occupe la baignoire de mes hôtes.

Quant à Pickwick, le ouistiti, il n'attend pas qu'on le serve : il plonge dans le placard et se sauve avec tout un panier de clémentines. Tante Imelda éclate de rire.

— Qui peut seulement imaginer faire du mal à ces petites bêtes ! Regardez-les comme elles sont heureuses chez nous !

— Au Canada, ma tante, on ne mange ni cacatoès, ni ouistiti, ni salamandre à quatre orteils !

Tante Imelda réfléchit.

— Mais, ici, on mange de la dinde ! Et des millions de dindes à part ça !

Gérard continue à parcourir le journal.

— Elle est bien bonne, celle-là ! explose-t-il en froissant le journal.

— Quoi encore, mon vieux loup? s'informe ma tante en distribuant des gâteries à ses amours à quatre pattes.

— Imaginez-vous que le gouvernement ferme l'aéroport de Maribelle. Il n'y a pas assez de voyageurs et il est trop éloigné de la métropole, affirme-t-on.

Tante Imelda est triste.

— Tant de forêts sacrifiées! Tant de champs abandonnés! Incroyable! Fermer un aéroport, c'est une première mondiale. Que les gens sont bizarres, parfois!

— C'est tout ce que ça te fait? s'étonne Gérard, que sa compagne a habitué à plus d'emportement.

— J'ai autre chose à faire. Il faut que j'écrive tout de suite à l'inspecteur général des Institutions financières pour enregistrer ma nouvelle association.

Nous n'avons pas même le temps de réagir que tante Imelda est déjà installée à son secrétaire. Elle a étalé devant elle son beau papier à lettres, a pris sa plus belle plume et, d'une main sûre, elle remplit toute une page de sa jolie écriture pour accompagner sa demande.

Je m'approche d'elle et je peux lire sur le formulaire que ma grand-tante réclame la reconnaissance officielle de l'Association

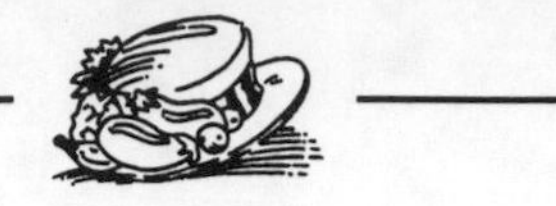

des protecteurs (et des protectrices, cela va de soi) de la dinde. Rien de moins. Je dois me mordre le dedans des joues pour ne pas me mettre à rire.

J'imagine mon père lorsqu'il apprendra que des végétariens vont le rendre coupable de savourer, les yeux fermés, sa dinde aux canneberges le soir de la Noël. Pauvre papa Bernard !

2

Des pensionnaires bruyantes !

La réponse de l'inspecteur général n'a pas tardé à venir. Dans une lettre plutôt protocolaire, monsieur l'Inspecteur félicite tante Imelda de sa brillante initiative. Elle est très fière et elle a exposé la missive dans un cadre d'étain martelé. Elle se frotte les mains et affiche un air de grande satisfaction.

— Ma chérie, le meilleur est à venir, me lance-t-elle en pivotant sur elle-même.

Durant plus de deux heures, tante Imelda rédige des communiqués. Elle prépare un dossier de presse pour informer les journalistes de son intention de sauver les dindes d'un assassinat collectif.

L'exercice me paraît très amusant. Yogourt et moi tenons compagnie à la grande missionnaire. Je plie des feuilles, je lèche des enveloppes, je rigole. Je colle des timbres, j'inscris des noms et des adresses et je prépare des petites piles de lettres à poster dès demain.

Gérard Mc Dermott nous observe en tirant sur sa pipe et en suçant des caramels à la framboise. Il ne semble pas être terriblement d'accord avec la mission que s'est donnée sa vieille compagne.

— C'est très louable ce que tu fais, mon Imelda, et...

— Je savais que tu trouverais cela génial, mon vieil escogriffe, se hâte de rétorquer mon avicultrice de grand-tante.

— «Génial», c'est un peu fort comme adjectif, mais...

— Imagines-tu le bonheur que ressentiront ces gentilles bêtes? tranche-t-elle.

— Ce ne sont tout de même que... que... des... dindes, Imelda!

Tante Imelda devient tristounette. D'après l'air qu'elle affiche, elle se demande sûrement si son vieux loup n'est pas en train de lui retirer son appui.

— Je savais... que je savais donc! pleurniche-t-elle.

— Tu savais quoi?

— Je savais que tu n'avais aucune compassion pour ces pauvres volailles que l'on conduit à l'abattoir sans préparation psychologique. Que l'on exécute sans aucune forme de procès. Que l'on promène dans la nudité la plus totale devant tout un chacun.

Je sens que Gérard va éclater de rire s'il ne parle pas tout de suite.

— Mais j'ai de la *compassion*, tu sauras! Je ne veux tout simplement pas que tu en fasses une *dépression*. On mange de la dinde, farcie ou bouillie, en casserole ou en pâte, en brochette ou en boulette depuis des siècles! Tu ne peux t'insurger contre cette réalité, Imelda-mon-amoûrrrr!

Tante Imelda va réfléchir quelques heures dans sa chambre. Gérard et moi travaillons à un casse-tête de mille morceaux commencé depuis presque un mois.

Lorsqu'elle revient, ma grand-tante semble reposée et plus déterminée que jamais.

— Gérard, je sauverai ces pauvres oiseaux, coûte que coûte. Je suis prête à les recevoir, lance ma tante avec conviction.

À ces mots, son mari s'étouffe. Moi, j'écarquille les yeux en attendant la suite. Ça devrait chauffer!

— Que veux-tu dire exactement lorsque tu déclares: «Je suis prête à les recevoir», Imelda de Jubinville Mc Dermott?

Sans plus d'explication, tante Imelda nous entraîne dans la chambre d'amis. Il n'y a plus de lit, plus d'armoire, plus rien. La pièce a été transformée en poulailler, ou plutôt en dindonnier. Des lampes suspendues procurent une chaude lumière rouge et, partout, des récipients sont remplis de grains à picorer et d'eau à boire. Les dindes sont attendues!

Il est évident que tante Imelda ne renoncera pas à son idée.

Gérard est complètement assommé.

— Quand as-tu exécuté ces transformations?

— Durant ma sieste, mon roudoudou au chocolat, minaude-t-elle.

Lorsque je raconte à mes parents comment notre tante Imelda compte occuper ses temps libres, ils s'esclaffent.

— Il ne manquerait plus qu'elle se mette à glouglouter, plaisante mon père en se tapant les cuisses.

— Elle portera des plumes de dinde sur son chapeau, renchérit ma mère en s'essuyant les yeux.

— Ne riez pas ! Tante Imelda n'a jamais raté une seule mission. Je suis certaine que les journalistes consciencieux vont trouver son Association des protecteurs de la dinde tellement originale qu'ils vont réagir, répliqué-je le plus sérieusement du monde.

Mes parents s'arrêtent illico de rire.

— Tu crois, Ingrid ?

— Bien sûr que je le crois ! Nous avons adressé des centaines d'enveloppes. Même Denise Bombardier va entendre parler des « rescapées de la rôtissoire ! », comme les appelle tante Imelda.

— Des « rescapées de la rôtissoire » ! Elle ne manque certes pas d'humour, ma vieille tante, rétorque maman à mon père.

— Même sa sonnette de porte fait *din don*, se moque-t-il en se remettant à rigoler de plus belle.

— Arrête tes farces, Bernard! ajoute ma mère. Tu vas me faire crever de rire.

Je crois que mes parents ne prennent pas la mission de ma tante très au sérieux. Ils vont probablement changer d'idée lorsqu'ils verront l'impact que sa lettre va provoquer.

La réaction du public est foudroyante! Yogourt, lui, s'amuse bien chez tante Imelda. Il court à travers les centaines d'enveloppes qui jonchent le parquet du salon. Que des lettres d'appui.

Tante Imelda a reçu des dizaines de dessins de la part des enfants des écoles avoisinantes. Elle a reçu aussi des milliers de dollars de certains adeptes du végétarisme. Il y a même une lettre qui porte une signature très originale: l'empreinte de la patte d'une dinde qui se dit très reconnaissante d'avoir la vie sauve.

Gérard fume sa pipe avec nervosité.

— Ouvre les fenêtres, mon Ingrid. Ton oncle Gérard veut nous faire mourir!

— C'est seulement parce que j'aime la poitrine de dinde fumée, moi ! lance-t-il sans trop réfléchir.

— Tu n'es pas drôle, Gérard Mc Dermott ! explose ma grand-tante.

— Tu n'es pas drôle non plus ! Bientôt, il va falloir déménager à cause de tes oiseaux de malheur ! Ça glougloute dans toute la maison. Et ça empeste le fumier, ces bestioles puantes !

En effet, à toutes les demi-heures, un service de livraison à domicile achemine des douzaines de dindes... vivantes !

La pièce est devenue un hôtel pour dindes. Je le surnomme le « Dinde's Inn ». Yogourt circule là-dedans comme un chien berger. Les dindes, plus grosses que lui, lui obéissent au doigt (à l'ergot) et à l'œil. Il n'a qu'à grogner légèrement et les oiseaux se taisent, ce qui est un miracle pour une salle complète de dindes affamées !

Gérard, même s'il ne partage pas la dindophilie de son épouse, en a vu d'autres. Imelda de Jubinville n'est-elle pas la championne mondiale des gens bizarres*, après tout ? Et il ne cessera jamais de

* Lire *Le congrès mondial des gens bizarres*, Éditions Pierre Tisseyre, 1997.

l'aimer même si elle se comporte parfois comme... une dinde, selon lui.

— Gé-rârd, va porter la moulée de mes chéries, ordonne tante Imelda. Gé-rârd, verse-leur de l'eau fraîche! Gé-rârd, chante-leur une berceuse, il faut qu'elles dorment à la fin!

Je crois que Gérard éprouve beaucoup d'amour pour sa vieille épouse, car il lui est tout dévoué ainsi qu'à sa cause bien qu'il n'y croie pas terriblement.

Moi, je m'amuse comme une folle. J'aurai tant de choses à raconter à mes copines au retour des vacances.

Tante Imelda et Gérard sont en train de nourrir les dindes pendant que Yogourt et moi lisons les aventures de Roberval Kid de Rémy Simard. J'aime bien les livres qui nous sortent un peu de la rigidité des conventions et qui nous font rire et rêver.

Le téléphone réussit à se faire entendre malgré les nouvelles pensionnaires. D'habitude, je ne réponds pas, mais tante Imelda est trop occupée dans le dindonnier. Elle héberge à présent deux cent soixante-treize dindes qui font un vacarme infernal.

Il faut que ma tante se tienne dans la pièce en permanence afin de seconder Yogourt.

Les dindes picorent les murs de plâtre, arrachent le papier peint de l'ancienne chambre d'amis et se disputent à coups de bec et d'ergot acérés. Quant à Gérard, je crois qu'il va faire une grosse crise d'urticaire. Lorsqu'une situation le tracasse, ça lui pique partout. Et il finit toujours par faire une colère terrible. Je ne tiens pas à y assister.

Je réponds donc au téléphone.

— Bonjour, ici l'Association des protecteurs de la dinde, Ingrid Joyal à l'appareil.

Je ne mets pas deux secondes à reconnaître la voix de Christiane Barrette de Radio-Canada. Je n'en reviens pas. Elle désire parler à tante Imelda. Je cours la prévenir.

— Chr... Chris... Christiane Barrette? Oh! madame, quelle surprise! Je suis ravie... j'adore votre belle émission... si jolie... si jolie voix... quelle intelligence... Certainement. Demain matin à neuf heures... entendu. Oui, j'apporte la plus jolie. À demain, madame Barrette ! sopranise ma tante préférée.

Tante Imelda est tellement heureuse qu'elle danse dans toute la maison. Du moins, dans ce qu'il en reste.

3

Gérard en a marre !

Tante Imelda a fait un malheur ! Elle a présenté Marilyn aux téléspectateurs, son plus beau spécimen de dinde américaine. Madame Barrette ne savait plus par quel bout prendre cette vieille dame excentrique. Elle ricanait tout le temps et ma tante, qui n'en est pas à ses premières armes dans le domaine des communications, a pris

subtilement la relève. Elle a été tellement convaincante que les dindes se sont mises à affluer de tout les coins du pays et même des États-Unis.

J'ai inscrit la neuf cent seizième dans le grand registre des dindes sauvées de la mort. Même que la célèbre animatrice a promis de ne pas en manger à la Noël, cette année.

Grand-mère Thérèse vient de téléphoner. Et mon amie Stéphanie, aussi. Elles veulent nous offrir leur aide. Et Don Salesse, le vétérinaire, donnera des consultations gratuites, heureux qu'il est d'ajouter ce millier d'oiseaux à sa clientèle.

Cependant, Gérard Mc Dermott, lui, fume et fulmine ! Il n'arrive pas à supporter tout ce va-et-vient et ce vacarme pas plus que cette odeur qui devient persistante malgré les essences de violette de tante Imelda.

— Je crois, ma chérie, que d'ici une heure ou deux, je vais tomber dans une dépression profonde si tu ne nous débarrasses pas de ces dindes stupides ! se plaint-il à sa douce moitié qui n'a plus une minute à accorder à son vieux loup.

— Toi, une dépression profonde ? Faismoi rire. Tu es aussi dépressif qu'un papillon de nuit en pleine métamorphose. Allons donc! Calme-toi et pense à toutes ces volailles heureuses maintenant qu'elles ont la vie sauve.

Gérard n'a pas l'intention de lâcher prise.

— Je vais arrêter de respirer, là, tout de suite, si tu ne me débarrasses pas de ces...

Tante Imelda se met à sérénader en semant des grains à la volée.

— Sous l'eau, au Pérou, tu as démontré que tu pouvais tenir au moins quatre minutes sans respirer, la-la-la-la-lère!

Si je me fie à ce que je connais de mon grand-oncle, je crois que Gérard va mettre son projet à exécution. En effet, il serre les lèvres, gonfle les joues et devient tout bleu en quelques secondes. Je ne pense pas qu'il blague. Je regarde ma montre.

— Tante Imelda..., dis-je en chuchotant.

— Qu'y a-t-il, mon petit chou? J'ai oublié une dindinette? Pauvre petite..., chante ma tante en se dandinant.

— Mais tante Imelda! insisté-je en observant mon grand-oncle qui a tourné au mauve. Tante Imelda! Il... il va s'asphyxier, le pauvre!

Je fais à Gérard ma pire grimace de babouin, et il ne rit même pas. Ça fait deux

minutes qu'il ne respire plus. Yogourt saute partout comme pour le distraire, mais c'est peine perdue. Je vais pleurer.

— Oncle Gérard! Je vous en prie. Je vais convaincre tante Imelda. Moi, elle m'écoutera.

Aussitôt, Gérard recommence à respirer. Il se penche vers moi et me chuchote à l'oreille :

— Tu ne vas pas pleurer, ma pauvre Ingrid. Allons, ce n'était qu'une feinte. Une toute petite blague de rien du tout. D'habitude, ça fonctionne. Imelda se précipite sur moi pour me donner... le bouche-à-bouche.

Tante Imelda me sourit avec un air entendu.

— Que t'avais-je dit, Ingrid? C'est une esbroufe! Un vieux flibustier des mers est incapable de manquer d'air, c'est connu, ça. Gérard, va me chercher de l'eau fraîche, je te prie.

Gérard ne bouge pas. Il boude. Un gros boudin de Mc Dermott enragé!

— Gérard, j'ai besoin d'un litre d'eau pour ces dindes-là.

Son mari ne bouge toujours pas d'un cil. Il grommelle dans son col roulé et serre sa pipe jusqu'à la tordre. Je le vois qui prend une grande respiration. Il avance de quelques pas et se place devant tante Imelda. Il plonge son regard dans le sien. Il lui saisit les deux mains pour qu'elle l'écoute.

— Ma très chère femme adorée, si tu ne renonces pas à l'élevage de tes saprés dindes, dindinettes ou dindonneaux dans l'heure qui suit, je pars retrouver **la baronne de la Longue Aiguille***. C'est ta dernière chance.

Puis il tourne les talons. Parler de la baronne en de telles circonstances est d'ordre criminel, selon moi. Tante Imelda est très jalouse de la baronne de la Longue Aiguille qui minaude constamment dans les sillons de son Gérard.

Ma tante pose sa carafe d'eau et retire ses bottillons. Son regard devient courroucé. Ses sourcils écrasent ses yeux fâchés. Elle replace ses cheveux, puis s'essuie les mains sur son tablier. Elle relève fièrement la tête et ferme la porte du dindonnier.

— Ingrid, nous n'allons pas faire de la haute tension artérielle pour si peu. Viens

* Lire *La baronne de la Longue Aiguille*, Éditions Pierre Tisseyre, 1997.

m'aider à préparer la salade de pois chiches. Nous en profiterons pour réfléchir.

Elle jette un regard en direction de son vieux loup, avec tout de même une certaine tendresse.

— Si môssieur Mc Dermott-au-boudin-gros-comme-la-maison venait à avoir une idée, qu'il le dise. C'est urgent !

4

Vive les grands espaces !

La dispute d'hier soir est vite oubliée. Deux vieux amoureux comme tante Imelda et Gérard Mc Dermott sont aussi solides que Roméo et Juliette. Quoique...

Ils se sont levés ce matin de très bonne humeur. C'est monsieur Taillon, le facteur, qui a demandé la permission de nourrir les dindes.

— Ça me rappelle mon enfance à la ferme. Comme j'y étais heureux. La vie citadine pour moi, madame...

— ... c'est comme étouffer une fleur sous une cloche de verre, je sais, monsieur Taillon, continue ma grand-tante.

Le facteur sourit parce qu'il a déjà exposé à ma tante tous ses états d'âme depuis belle lurette. Il se contente de verser l'eau et de remplir les récipients de grains de maïs.

— Il y en a au moins un millier, dites donc! Ça vous dévore un budget dans le temps de le dire! Un véritable zoo sur deux pattes!

Tante Imelda se tourne vers monsieur Taillon dans une magistrale pirouette. Elle le fixe comme s'il venait de lui apporter une lettre d'amour de Kevin Costner. Elle est tellement bizarre que le pauvre employé des Postes canadiennes en reste sidéré! Plus personne ne réagit. Moi, je ne comprends pas ce qui a bien pu déclencher une telle bombe chez ma tante.

Elle ouvre enfin la bouche:

— Monsieur Taillon, je ne vous l'ai jamais avoué, mais vous êtes... vous êtes le meilleur facteur de la ville.

— Comment ça?

— Vous êtes aussi un être génial, le saviez-vous?

— Ma mère ne me trouvait pas stupide. Elle me disait...

Tante Imelda sautille comme une alouette. Elle me fait penser au chef des Zwondos dans la forêt amazonienne*.

— Mais vous êtes génial que je vous dis, moi!

Gérard tente de modérer les transports de son Imelda.

— Génial... en es-tu certaine, ma chérie? Qu'a dit monsieur Taillon pour te faire autant d'effet?

— Il a dit: «Un véritable zoo sur deux pattes!» Voilà ce qu'il a dit, s'époumone tante Imelda.

— Et puis?

Monsieur Taillon tente une explication.

— Madame de Jubinville veut aller au zoo, je suppose.

— Pas du tout, s'excite-t-elle.

— Madame de Jubinville veut lancer une danse sur deux pattes, tente-t-il de deviner.

— Pas du tout! bêle ma tante.

---

* Lire *Le mal mystérieux de la salamandre à quatre orteils*, Éditions HRW, 1995.

Gérard en a assez de toute cette comédie. Moi, j'ai hâte de tout comprendre.

— Madame de Jubinville envisage sûrement..., ânonne le facteur.

— MADAME DE JUBINVILLE FAIT UNE CRISE D'ANGOISSE ! Allons, monsieur Taillon, au revoir. Nous nous reverrons demain, tranche Gérard, à bout de patience.

— Pauvre madame de Jubinville ! C'est fréquent chez elle ? demande l'homme en passant la porte du dindonnier.

— Chaque fois qu'elle parle à un fonctionnaire des Postes. Voilà !

Gérard se frotte les mains.

— Enfin débarrassés ! Maintenant, chère Imelda, vas-tu enfin nous dire ce que ce facteur a de si génial ?

Tante Imelda ne répond pas. Elle n'est plus là. Nous laissons le concert de Noël des dindes pour nous mettre à la recherche de celle qui est responsable de cette aventure des plus loufoques.

Nous la trouvons installée sur le canapé du salon, le téléphone à la main.

— ... oui, mademoiselle. Certainement, nous sommes libres cet après-midi. Le temps de nous rendre à Maribelle par hélicoptère. Demandez que l'on prépare la piste d'atterrissage. Nous serons là dans environ quarante minutes.

Elle ferme l'appareil en riant.

— Ce n'est pas mauvais d'impressionner les secrétaires quand cela s'avère nécessaire.

Nous arrivons à l'aéroport de Maribelle : un complexe d'une rare beauté, installé au creux d'une forêt immense. Que l'on regarde dans n'importe quelle direction, on y voit des arbres et des champs à perte de vue. On se croirait dans le Grand Nord.

Dès que Gérard amorce la descente, nous distinguons par le hublot les pistes d'atterrissage qui zèbrent le paysage tout blanc de décembre. Yogourt observe les oiseaux qui volent en escadrons. Il jappe et cela fait rire tante Imelda.

— Nous serons là dans quelques minutes. C'est merveilleux, l'aéronautique, n'est-ce pas ma chérie ?

À notre vue, deux messieurs très élégants viennent à notre rencontre. Le plus vieux porte une épinglette avec son nom écrit dessus : Jacquelin Piquette, directeur.

Il ne m'est pas du tout sympathique. Ses yeux sont gris sombre et sa moustache fine ne lui confère pas une figure franche. Je devrai me méfier de lui. L'autre est sans doute Hubert Lepire, le maire de la ville. Il sourit de toutes ses dents en s'emparant de la main de ma tante.

— Monsieur le Maire, comment allez-vous? lui demande-t-elle en prenant les devants.

— Madame de Jubinville, je présume.

— C'est bien moi. Et ce monsieur? demande ma tante avec une touche de condescendance (elle n'a pas ses lunettes).

— Ce monsieur est le directeur de l'aéroport, Jacquelin Piquette. Il a été lieutenant du prince Charles d'Angleterre, vous savez...

— Je vous présente mon mari Gérard Mc Dermott, capitaine au long cours pour Sa Majesté Bécassine Ire du Ouagadougou... ma petite-nièce Ingrid et son bichon Ya-ourt!

Monsieur le Maire affiche un curieux air.

— Bécassine Ire, dites-vous?

Tante Imelda n'a pas du tout l'intention de donner des explications pour une allégation qu'elle a inventée de toutes pièces.

— Qu'il est beau, cet aéroport! Dommage qu'il n'y ait personne, constate tante Imelda.

Monsieur Piquette se tourne vers le maire de Maribelle. Ils sont tous les deux visiblement gênés.

— D'après ce que ma secrétaire m'a raconté, vous devriez être ravie que cet aéroport n'accueille plus de voyageurs. N'avez-vous point un mégaprojet à nous proposer?

Tante Imelda sourit. Elle reprend l'aplomb qu'on lui connaît.

— Allons dans votre bureau. Nous pourrons en discuter plus à notre aise. Pas vrai?

— En effet, chère Imelda. De là-haut, on peut apercevoir les vastes étendues dont il a été question au téléphone avec madame Latendresse, ma secrétaire.

Gérard et moi ne comprenons toujours pas grand-chose à toute cette affaire.

Le bureau de monsieur Piquette est situé tout en haut de la tour vitrée.

Les poils du tapis sont si longs que Yogourt disparaît presque, comme une puce dans sa propre fourrure. Il y a des tableaux sur les murs et la lumière pénètre par toutes les fenêtres.

Mon père aimerait posséder ce genre de bureau, j'en suis certaine.

Ce qui attire ma chère tante Imelda, c'est la grande carte géographique de la région que monsieur le Directeur a placée sous la vitre de sa table de travail.

— Oui, c'est excellent. Il y a la forêt, ici. C'est parfait. Et ce petit lac, là. C'est merveilleux.

— Mais enfin, Imelda ! se lamente Gérard.

Tante Imelda se lève, droite et sûre d'elle.

— Messieurs, je veux louer l'aéroport de Maribelle. Un bail de dix ans !

Elle farfouille dans son sac à main. Gérard, lui, est blanc comme un cierge de Pâques.

— J'ai mon chéquier ici. Votre prix sera le mien.

Monsieur le Maire et le directeur Piquette se regardent en souriant.

— C'est pour la culture des pommes de terre ? demande effrontément le directeur en s'étranglant de rire.

— Vous plaisantez, madame de Jubinville ! lance le maire.

— Dis-lui que tu plaisantes, mon trésor, l'exhorte Gérard, tout en sueur.

Le cher trésor ne plaisante pas.

— Je vais ouvrir le plus grand zoo en Amérique. Un zoo où ce sont les animaux qui regarderont les visiteurs se promener. Ici, les bêtes seront heureuses. Nous les installerons dans des endroits tellement semblables à leur milieu naturel qu'elles ne voudront plus jamais repartir.

Gérard est subjugué. Il est fier de son épouse. Il jubile.

— Excellente idée! Moi, je mettrai ma compagnie d'aviation au service des visiteurs. Le domaine est tellement grand, après tout.

Le maire regarde son directeur. Le directeur observe monsieur Lepire.

— Et pourquoi pas? C'est vrai. Nous tenons là le plus beau des projets. Je demande à ma secrétaire de préparer une lettre d'entente, déclare monsieur Piquette.

— Combien?

— Dix mille.

— Par mois?

— Évidemment.

— C'est trop.

— Neuf mille alors?

— Sept mille cinq cents. C'est mon dernier mot.

— Marché conclu!

— Et moi, s'exclame le maire, je cours en informer les médias.

Tante Imelda est ravie. Elle a retrouvé sa fougue. Elle est de nouveau lancée dans une aventure digne de son génie.

Elle prépare ses chèques. L'argent qu'elle a reçu grâce à l'Association pour la protection de la dinde suffira à payer les trois premiers mois. Après, elle devra compter sur les billets d'entrée... et les boîtes de cacahuètes.

5

Des travaux et des jours

Ça fait maintenant quatre mois que je n'entends parler que du zoo des Mc Dermott. Et c'est très mal connaître tante Imelda que de croire qu'elle dépensera toute sa fortune pour effectuer les travaux qui lui permettront de transformer l'aéroport de Maribelle en zoo.

Stéphanie et moi en sommes encore toutes remuées. La campagne de sensibilisation orchestrée par ma grand-tante concourt à faire de ce projet « zoologique », l'événement le plus important au pays. Plus que les élections provinciales. Plus encore que la tempête de verglas qui s'est abattue sur la Floride.

Partout, on ne parle que de l'ouverture prochaine du zoo de Cincennes. À la radio. À la télévision. En français ou en anglais, tante Imelda laisse couler quelques larmes ou explose contre la violence faite aux animaux ; elle évoque les pauvres chômeurs de l'aéroport qui seront employés dans son entreprise ; elle convainc les durs de durs. À elle seule, tante Imelda vaut trois téléthons !

Devant son audace, même les plus récalcitrants se sont attendris. Plâtriers, maçons, briqueteurs, menuisiers et électriciens sont arrivés en grand nombre pour offrir leurs services. Gratuitement ! Ils sont une cinquantaine à travailler pour que ce projet prenne forme.

Tante Imelda, quant à elle, s'est installée dans le bureau tout en haut de la tour de contrôle. Elle a mis ses petites lunettes cerclées de nacre et s'est penchée sur un énorme plan qu'elle a elle-même dessiné.

— Tu vois, Ingrid. Ici, ce sont les tubes de verre dans lesquels circuleront les visiteurs. Les animaux seront libres et heureux. Je déteste que de pauvres bêtes soient enfermées dans des cages. Au zoo de Cincennes, ce sont les babouins et les chimpanzés qui observeront les grimaces des visiteurs !

— C'est une excellente idée, ma tante. J'ai tellement hâte de visiter votre jardin zoologique.

— Très juste ! C'est en effet un *jardin*. Il faut alors que les petites bêtes soient traitées avec autant de délicatesse que les coquelicots et les pâquerettes de mes plates-bandes.

J'imagine les hippopotames et les éléphants plantés au bout d'une tige avec des feuilles aux pattes !

Gérard Mc Dermott est allongé sur le canapé de cuir de l'ex-directeur Piquette. Il regarde sa vieille épouse et se demande quelle mouche l'a piquée.

— Mon vieux toutou, regarde ! C'est ici que nous placerons les girafes. Et dans cette zone de conifères, nous y installerons les cerfs, les gnous et les orignaux. Le

lac sera parfait pour accueillir les cygnes, les canards...

Gérard jette un regard poli, sans plus.

— Bateau des noms! Dans quelle galère sommes-nous en train de voguer, mon Imelda? On dirait qu'au lieu de vieillir, tu rajeunis. C'est incroyable! lance-t-il en lorgnant du côté des grues qui s'activent et des bulldozers qui grondent.

— Je rajeunis, c'est évident! s'exclame tante Imelda en exécutant un pas de samba. Pas toi, mon gros loup?

Puis elle s'assoit sur les genoux de Gérard et lui administre le plus pétant des gros bisous.

— Ai-je le choix? Auprès de toi, même le plus courageux des capitaines en perdrait son sextant.

Il rit en la serrant très fort dans ses bras.

— Je t'aime, mon Gérâardoux! Mais... mê-mê-mê..., chevrote-t-elle.

— Quoi donc?

— Mais si nous voulons procéder à l'ouverture tel que promis, tu dois téléphoner au Zaïre, en Australie, au Kenya et au Pérou pour inviter les directeurs de jardins zoologiques à nous expédier quelques spécimens. Seulement des sujets en santé, n'oublie pas!

Gérard se lève péniblement et attrape la liste que lui a préparée sa compagne.

Pendant que la conceptrice du zoo de Cincennes s'affaire à distribuer ses ordres aux travailleurs, j'invite mon amie Stéphanie. Elle et moi, nous préparerons la billetterie et les boîtes de cacahuètes.

L'ouverture aura lieu dans dix jours en présence de monsieur le Ministre et de monsieur le Maire de Maribelle, Hubert Lepire.

— Et moi, je prononcerai un discours digne des plus grandes dames de la planète, annonce ma tante en observant le calendrier. Ingrid, mon trésor, donne-moi mon chapeau, je te prie.

Comme tante Imelda possède un chapeau farfelu pour chaque circonstance, celui-ci ne fait pas exception. C'est un casque de sécurité comme en portent les ouvriers de la construction. Il est surmonté de quelques branches de pin, avec un lion rugissant en guise de publicité. Y figure aussi l'inscription : ZOO DE CINCENNES.

Ma grand-tante emprunte la Jeep de location et nous nous élançons à travers l'immensité de la forêt qui, bientôt, abritera des loups, des tigres et des bisons. Un éléphanteau d'Afrique, prénommé Sigouin,

nous a été promis par le président du Djibouti.

Le soir, chez tante Imelda, nous prenons connaissance du courrier qui abonde de tous les coins de la planète. Des centaines de lettres d'encouragement, des dons et des invitations pour tante Imelda à prononcer des discours arrivent des endroits les plus reculés.

Je sais qu'elle est ravie de l'impact que provoquent sa détermination et son immense courage.

Mon père me dit souvent :

— Il y a comme ça des farfelus qui sont de véritables pétards. Ils doivent constamment exploser s'ils veulent garder la forme. Ta tante Imelda, elle, c'est la bombe atomique !

La voici justement qui saute comme un bouchon de champagne.

— Oh ! Gérard. C'est une lettre en provenance de Lima. C'est de ma très chère amie Myrtille Macaque.

Gérard se distend comme un ressort.

— Ouvre vite ! Elle a toujours de drôles d'histoires à raconter, cette Myrtille. Ça nous changera de ce bateau des noms de zoo de cinq cents !

— Cincennes, que je te répète! C'est inspiré du très célèbre zoo de Vincennes à Paris. Ne joue pas à l'ignare, Gérâard!

Ma grand-tante s'assoit dans sa causeuse préférée mais pas tout à fait au fond, comme si elle allait se lever et repartir.

J'avoue que j'ai du mal à m'habituer à autant d'énergie chez une personne de soixante-seize ans. Elle se sert du coupe-papier sculpté que lui ont offert Maboul Farak et sa gentille épouse au cours de notre dernier séjour à Magaloubinougo, en Afrique équatoriale*. De l'enveloppe, elle sort une feuille de papier parchemin. Il s'en dégage une évidente odeur de melon d'eau.

— Elle devait être en train de se refaire un teint de jeune fille avec ses tranches de pastèque dans la figure, évoqué-je avec plaisir.

— Vas-tu nous lire cette missive, à la fin? s'impatiente Gérard.

Tante Imelda ajuste ses lunettes de lecture. Ses yeux sautillent d'une ligne à l'autre comme des baguettes de xylophone. Elle me fait rire.

---

* Lire *Le congrès mondial des gens bizarres*, Éditions Pierre Tisseyre, 1997.

— Oh!

— Quoi donc, bateau des noms!

Elle parcourt la moitié de la lettre avant de se décider à nous la lire.

— Voici. «Je n'ai jamais rien exigé de vous. Je me suis même dévouée corps et âme pour vous aider à sauver cette pauvre salamandre en traversant avec vous l'enfer de la forêt amazonienne*. Cette fois, je vous exhorte, ma chère Imelda. Il faut que vous veniez me rejoindre en Terre de Feu où je me trouve avec Ruello et le célèbre spéléologue Tristan Lamertume...»

— Mais elle est tombée du toit de sa villa! Nous sommes embourbés par-dessus la tête dans ce projet de bateau des noms de flûte de jardin zoologique à la gomme! s'énerve Gérard en agitant les bras comme s'il dansait la danse des canards.

— C'est vrai, ma tante. La Terre de Feu, c'est très loin sur la carte géographique. C'est tout en bas de...

— Laissez-moi terminer! exige-t-elle.

Elle reprend sa lecture avec tant de compassion que Gérard et moi connaissons déjà la réponse de la célèbre aventurière.

---

* Lire *Le mal mystérieux de la salamandre rose à quatre orteils*, Éditions HRW, 1995.

Elle poursuit:

— «C'est l'affaire la plus importante et la plus étrange de toute ma vie. Je vous attends le 4 de ce mois. Air Mc Dermott doit bien avoir à sa disposition un petit hydravion qui puisse passer presque inaperçu, n'est-ce pas, mon beau Gérard?» Myrtille sait comment te convaincre à ce que je vois. «À très bientôt, mes amis.» Et c'est tout!

Je pose les yeux sur la lettre que tient toujours ma grand-tante.

— Il y a un P.-S.

— On dit un *post-scriptum*. Elle ajoute: «J'ai entendu parler de votre jardin zoologique. Bravo! Je le visiterai EN TEMPS ET LIEU!

— Bizarre, murmure Gérard.

— Je connais bien Myrtille Macaque. Ce doit être une question de vie ou de mort pour qu'elle nous demande d'aller la rejoindre si loin en Amérique du Sud...

— Que fait-on? Nous sommes le 2 avril. Le 4, c'est dans deux jours! Nous partons demain.

— Tu as toujours été un champion en mathématiques, ô mon amour, déclame tante Imelda en riant.

— Et alors? osé-je.

— Va préparer tes bagages, Ingrid. Je téléphonerai à Francine et à Bernard pour leur expliquer. Et toi, mon petit Ya-ourt, attends-toi à toute une aventure !

Encore une. Je ne demande pas mieux. Les voyages ne forment-ils pas la jeunesse ?

Et la vieillesse, alors ?

6

Un spéléologue curieux

Ce matin, je fais la tournée du territoire du zoo de Cincennes avec ma tante. Nous saluons tous les ouvriers qui rient et chantent en travaillant. Leur bonne humeur tient sûrement du fait qu'ils ont choisi eux-mêmes d'exécuter ce travail. Tante Imelda leur a promis que chacun verrait son nom gravé sur une plaque de marbre à l'entrée du parc. Ils

recevront aussi un laissez-passer annuel pour toute leur famille.

Arrivées au bout du chantier, nous rencontrons monsieur Piquette, l'ancien (il faut en convenir) directeur de l'aéroport de Maribelle. Lorsqu'il nous aperçoit, il cesse net de parler avec l'homme, visiblement mal à l'aise, qui est avec lui.

On dirait qu'ils fomentent une petite affaire louche. Mais ce n'est pas le temps d'énerver ma grand-tante à neuf jours de l'ouverture officielle.

— Mes hommages, chère dame Imelda.

— Vous vous ennuyez de vos grands espaces, monsieur Piquette?

— Oui... non... euh... en effet. Je suis venu constater l'ampleur des travaux. C'est vraiment... magnifique! Et cette billetterie en forme de zèbre, génial!

— C'est l'œuvre du grand sculpteur Roussil, vous savez.

— Je vois. Il fait beau aujourd'hui, n'est-ce pas? Pas de pluie à l'horizon. Pas de vents agitateurs, pas de...

Tante Imelda commence à se méfier de ce sombre personnage.

— Vous n'êtes pas venu ici juste pour me parler de la température, je suppose.

— Pour dire la vérité, je suis ici pour vous demander... la direction du zoo de Cincennes.

Ma grand-tante reste interloquée.

— Oh ! rien de moins ? ironise-t-elle.

— Rien de moins ! enchaîne le sinistre monsieur Piquette.

Tante Imelda réfléchit. Elle me conduit à l'écart, près de la Jeep.

— Qu'en penses-tu, ma chérie ? Nous devons partir demain. Je n'ai personne... Ce monsieur était tout de même directeur d'un vaste aéroport (*je sais ce que Gérard répondrait à ça*)... il pourrait nous être d'un grand secours... dans les circonstances...

Sans s'en rendre compte, elle a répondu à tous ses propres arguments.

— Je pense aussi que c'est une bonne idée. À condition que vous demandiez à mon père ou au docteur Salesse de le surveiller de temps à autre.

— Excellente idée ! Oh, mon Ingrid ! Que tu es brillante ! Tu as de qui tenir, sans doute.

Elle se retourne vers monsieur Piquette.

— C'est bon, j'accepte votre offre. Il ne reste qu'à embaucher le personnel. La liste des tâches est dans mon... votre... enfin, dans le bureau là-haut. Je veux que

vous lanciez les offres d'emploi parmi les gens qui nous ont aidés. C'est primordial. Ils ont été si gentils. Quant à vous, votre salaire sera de dix pour cent des recettes du jour. Plus vous transpirerez, plus la paye sera alléchante. Vous pigez?

— Je pige, chère... patronne! Je pige! chantonne Jacquelin Piquette en lançant un clin d'œil à l'ouvrier avec qui il s'entretenait plus tôt.

Tante Imelda retire le trousseau de clefs qui gigue à sa ceinture et le remet à monsieur Piquette.

— Vous commencez.. tout de suite! Montez!

Nous reprenons la Jeep pour revenir au pavillon central. Gérard nous attend avec l'impatience d'un jeune papa. Sa figure vire au bordeaux lorsqu'il aperçoit monsieur Piquette.

Je crois que, comme moi, le Gérardoux ne lui fait pas confiance.

— Monsieur Piquêtttte? Que me vaut l'honneur..., commence-t-il.

Tante Imelda s'interpose.

— Je te présente le nouveau directeur du zoo de Cincennes, mon vieux trésor.

Gérard tremble.

— Il va préparer l'ouverture officielle, régler les contrats du restaurant, embaucher le personnel pendant notre absence.

Gérard va exploser.

— Allons, nous devons partir, tu le sais bien, lui chuchote-t-elle. Il a dirigé cet aéroport durant près de dix ans !

— On l'a fermé, cet aéroport !!! maugrée mon grand-oncle (*c'est ce que j'avais dit, non* ?).

— Ça suffit, vieille pistache ! Tu bougonnes tout le temps ! Une vraie chaudière à pétarades !

Gérard n'a même pas la force de riposter. Il soupire.

— Pourvu que tu ne te sois pas trompée…

Mes parents sont heureux que je parte avec ma grand-tante et Gérard. Ils aimeraient connaître Myrtille Macaque et Ruello dont je leur ai tellement parlé.

— Réalises-tu comme tu es chanceuse, ma chérie ? Voyager dans le monde, voir du pays, prendre le large, pas une université ne te donnerait autant, prétend mon papa Bernard.

— Téléphone, si jamais tu as besoin de nous, recommande ma mère en plissant

le nez. Il y a toujours le zéro pour te venir en aide, dans n'importe quelle contrée.

— Je sais, maman. Je vous aime gros comme le mont Everest. Je vous rapporterai un souvenir, c'est promis.

Le voyage se déroule à merveille. Notre appareil, le Jet Turbo Aquarius 248 d'Air Mc Dermott, glisse aisément sur des nuages blancs en effilochure. Aucune secousse, aucune poche d'air ne perturbe notre élan vers la pointe la plus méridionale de l'Amérique du Sud.

Nous survolons, les États-Unis, le Mexique, le Brésil et l'Argentine, durant plus de quatorze heures ! C'est très loin, mais l'avion de Gérard est confortable à souhait.

Il est sept heures du matin, heure de la Terre de Feu, lorsque nous atterrissons sur une petite piste mouillée de l'aéroport de Ushuaia, la ville située à l'extrême sud du monde.

Là, c'est l'envers de chez nous : en avril, on y gèle. Heureusement que tante Imelda a prévu le coup : elle distribue les lainages et les bonnets, les mitaines et les foulards. Malgré l'heure matinale, des douzaines de Fuégiens nous observent, curieux et surtout intéressés à gagner quelques pesos pour nous conduire à travers la ville.

Mais, dès que nous scrutons la foule, nous apercevons le sourire magnifique de notre amie Myrtille Macaque. Elle est flanquée d'un drôle de personnage chauve et rondouillard qui, sans nous connaître, nous tend les bras.

— Ma chère Myrtille, quel plaisir! s'écrient en duo Gérard et tante Imelda.

— Mes amis, merci d'être venus. Ah! ma petite Ingrid... et toi, mon bichon-à-la-crème-vanillée! Quelle joie de vous revoir! Oh... euh... laissez-moi vous présenter Tristan Lamertume. C'est un spéléologue bien connu à travers le monde... de la spéléologie, bien entendu.

— La spéléolo quoi? osé-je tout à coup.

Tout le monde éclate de rire.

— Ma chérie, un spéléologue est un spécialiste des grottes et des cavernes. Il les repère et les fouille. Il en analyse le contenu et fait parfois... d'étranges... découvertes, explique Myrtille Macaque sur un ton très mystérieux.

Nous comprenons tous que la célèbre contorsionniste nous cache un secret qu'elle

ne semble pas pouvoir nous révéler pour l'instant. Mais nous savons aussi qu'elle ne tardera pas à nous le divulguer. Dès que nous serons à l'abri des oreilles indiscrètes.

— Nous serons logés dans la villa du docteur Lamertume. Une maison un peu sombre, un peu tristounette, mais un emplacement des plus enchanteurs, au pied du glacier Martial, chuchote Myrtille Macaque à ma grand-tante.

— L'homme me semble légèrement tristounet, lui aussi, murmure tante Imelda en s'esclaffant.

— Avec un nom pareil! renchérit Gérard. La-mer-tu-me! Ha! ha!

Tante Imelda s'énerve tout à coup.

— Chut! Il va t'entendre, mon ami, le dispute-t-elle.

— Vous dites? s'inquiète le tristounet en personne.

— Gérard dit qu'il couve un petit rhume. Ce n'est pas grave. Je m'occupe de lui, conclut notre hôtesse.

Nos bagages déposés dans nos chambres respectives, nous nous rejoignons dans le petit salon où l'on peut apercevoir des spécimens de roches éclairés par une douce lumière. Il y en a des dizaines.

Sur chacune des pierres, monsieur Lamertume a apposé une affichette qui en indique la provenance : *Grotte d'Aston*, 1978 ; *Grotte de la Fée*, 1974 ; *Grotte Olivares*, 1981 ; *Grotte du diable*, 1979.

Cela me fait penser à la collection de croustilles de tante Imelda*.

— Intéressante collection, n'est-ce pas ?

Monsieur Lamertume m'offre une limonade chaude et un bol d'eau fraîche pour Yogourt. Celui-ci grogne aussitôt que le spéléologue s'approche de lui. Un chien, ça a du flair. Il ne doit pas aimer cet homme.

— J'ai rapporté ces spécimens qui constituent une rareté pour les spéléologues. Celui-ci, par exemple, ferait l'envie d'un million de fouilleurs de cavernes.

J'observe un caillou de la dimension d'une clémentine. Il est rouge pourpre et possède des centaines de stries noires sur toute sa longueur. Je ne l'aurais même pas choisi si je l'avais aperçu parmi d'autres roches dans une caverne.

— Il date de l'ère secondaire. De l'époque des dinosaures, si tu préfères. Regarde juste ici.

---

* Lire *Les terrifiantes croustilles de tante Imelda*, Éd. HRW, 1994.

Monsieur Lamertume saisit son spécimen après avoir enfilé un gant de velours et il le place devant une lampe. J'aperçois alors une sorte de fragment gris pétrifié à l'extrémité de la pierre.

— Cette dent est prisonnière des milliards d'années.

— Une dent d'animal?

— On a toujours raconté qu'il n'y avait pas d'êtres humains à cette époque-là. Du moins, c'est ce que je croyais avant cette... découverte bouleversante.

Une question me hante. Je sais qu'elle est un peu audacieuse et même impolie, mais je la pose tout de même:

— Pourquoi votre... votre découverte, si elle est si importante pour l'humanité, reste-t-elle sur cette table, dans ce coin perdu du monde? Pourquoi n'est-elle pas dans un musée?

Monsieur Lamertume me toise avec curiosité. Son double menton se met à valser. Je dirais un trois, à l'échelle de Richter.

— Elle vaut cher si elle reste ici, jeune fille. J'attends mon heure. La célébrité n'a pas de prix.

Dans ses yeux, je crois apercevoir deux pupilles qui ressemblent étrangement à des signes de dollar. Je m'aperçois que je me méfie de cet homme. Je déteste les vieux scientifiques mercantiles. Tante Imelda a toujours été si généreuse et surtout un peu naïve.

Ce soir, il faut nous coucher tôt car, demain, nous partirons pour l'archipel-machin. Il y a là une découverte si fabuleuse et si secrète que Myrtille Macaque ne veut pas en parler dans cette villa. Les murs ont des oreilles et les oreilles, de grandes bouches, paraît-il.

7

Wamtalouti, l'île du Diable

Le voyage est très pénible, car les routes sont cahoteuses. Dans la voiture tout terrain, Gérard est assis entre Myrtille Macaque qui est notre chauffeur et Ruello qui est si content de revoir mon grand-oncle. Yogourt et moi sommes tassés à l'arrière avec tante Imelda et monsieur Spéléo. Ces deux-là n'arrêtent pas de bavarder gentiment et j'entends

Gérard, à l'avant, qui bougonne. Il est tellement jaloux!

Dès que nous rejoignons le bord de la mer, des effluves salins nous saisissent et les vagues clapotent sur la grève. Je voudrais pouvoir m'arrêter et y plonger les orteils. Mais il fait si froid que j'aurais mieux fait d'apporter mes patins.

— C'est le navigateur Magellan qui a appelé cet endroit «Terria del Fuego», la terre de feu, parce que, de son bateau, il a aperçu des centaines de petits feux sur la grève. Probablement parce que l'hiver, on y gèle ici! explique Myrtille Macaque.

— On ne peut pas s'arrêter quelques minutes? demandé-je, les foufounes en compote.

— Nous devons gagner l'île avant le coucher du soleil. Après, la... le... la CHOSE que je veux vous montrer sera... invisible en quelque sorte.

Gérard s'impatiente:

— Allons, Myrtille! Avez-vous fini de nous intriguer? A-t-on idée de s'amuser ainsi avec les nerfs de vieilles personnes comme nous, bateau des noms!

Ruello sourit de toutes ses dents blanches. Il se tourne vers Gérard.

— Bientôt, vous saurez absolument tout! promet notre ami péruvien qui n'aime pas les cachoteries.

Au bout d'un petit chemin graveleux qui longe le littoral, nous apercevons un regroupement de pirogues. Il y a là une dizaine de pêcheurs qui rapportent leurs premières prises de la journée.

Myrtille s'adresse à l'un d'eux, le plus âgé. Il n'est pas très grand et porte un long poncho en laine d'alpaga, des pantalons de toile et des bottes de caoutchouc. Elle semble bien le connaître et elle l'invite à se joindre à nous. Il parle espagnol et je suis la seule à n'y rien comprendre.

— Ingrid, ce jeune homme s'appelle Carlos. C'est lui qui nous conduira sur l'île, m'explique Myrtille Macaque.

Carlos s'approche de Yogourt en riant et baragouine quelques mots.

— Carlos croit qu'il faut que tu attaches Ya-ourt. Ça pourrait être dangereux de le laisser en liberté. Il pourrait se retrouver dans de bien mauvais draps.

Mon chien comprend que l'on parle de lui. Il remue les oreilles et sa queue joue au chef d'orchestre.

— Pauvre Yogourt, viens ici!

Ruello m'aide à installer mon petit bichon dans mon sac à dos. Tout le monde rit parce que l'on ne voit que sa tête qui dépasse du sac. Mon chien est très docile, car ce n'est pas sa première excursion. Il en a vu d'autres.

— Vous êtes tous bien au chaud? demande Myrtille Macaque.

Nous nous examinons réciproquement avant de répondre. Nous sommes tous emmaillotés comme des Inuits. Ainsi vêtus, la température est très confortable.

Carlos nous entraîne vers un hangar qui se trouve dans un état pitoyable. À l'intérieur, nous apercevons un appareil recouvert d'une toile. La seule lumière qui nous permet de ne pas nous frapper les uns sur les autres provient du soleil qui filtre entre les planches vermoulues.

— Qu'est-ce que c'est, bateau des noms?

Myrtille Macaque sourit. Ses petits yeux plissés annoncent une grande gaieté.

— Vous le saurez dans quelques secondes.

— Est-ce la CHOSE dont vous nous parlez depuis des jours?

Myrtille et Ruello se mettent à rire.

— Pas du tout! Cependant, c'est ce qui va nous permettre de nous rendre à la CHOSE.

Carlos, aidé de Ruello, saisit une manette et la tire vers lui. Aussitôt, un bruit assourdissant de chaînes se fait entendre. Quatre pinces saisissent la bâche et la soulèvent très lentement. Myrtille Macaque applaudit comme une petite fille.

— Ça y est! Voilà le Zodiaque 3.1416!

Gérard n'en revient pas.

— C'est un avion... un bateau... à chenilles...

Il caresse l'appareil avec admiration.

— ... avec des ailes en magnésilex! Wow! s'excite mon grand-oncle.

— Qu'as-tu à t'agiter ainsi, mon vieux loup?

— Imelda! Cet appareil peut voler, naviguer sur les mers les plus tumultueuses, se frayer un chemin dans dix mètres de neige et... plonger sous l'eau.

— Perspicace, le vieux loup, ironise Myrtille Macaque.

Elle appuie sur un gros bouton. La transformation est phénoménale. Le Zodiaque 3.1416 devient un sous-marin.

Tristan Lamertume, qui jusque-là n'avait pas prononcé une seule parole, se détache de notre groupe.

— Vous avez devant vous l'appareil multitechnique créé par mon ami Pierre Joly, un brillant architecte en aéronautique. Ce Zodiaque 3.1416 remplace tous les véhicules connus. De la bicyclette au Concorde ; de la trottinette à la navette spatiale !

— Et aussi l'hydravion !

— Et le tank !

— Et la motoneige !

— Et le sous-marin, également, disent nos hôtes à tour de rôle.

Myrtille Macaque s'amuse follement.

— Mais ce n'est que du bonbon à côté de ce que je vais vous faire découvrir sur l'île de... Wamtalouti. Nous partons ?

Carlos fait oui de la tête. Il semble nerveux. Soudain, un bruit de métal se fait entendre. Deux larges portes s'entrouvrent. Nous prenons place à l'intérieur sur des sièges très confortables. Nos ceintures se bouclent d'elles-mêmes et chacun de nous reçoit, en provenance du plafond, un plateau rempli de fruits et de fromages.

Yogourt, prisonnier de mon sac à dos, se met à gémir.

— Mais oui, mon petit chien ! Tu vas en avoir. Il adore le fromage, dis-je à l'intention de monsieur Lamertume, les autres connaissant très bien les goûts de mon bichon.

L'accélération se perçoit à peine. J'imagine que nous sommes sur un tapis volant.

— C'est un appareil très discret. Les moteurs chuchotent, c'est merveilleux, apprécie Gérard.

— Si votre SURPRISE est encore plus étonnante que celle-ci, je vais bien m'évanouir, ajoute ma grand-tante.

À peine une heure après notre départ, le Zodiaque 3.1416 s'immobilise en plein milieu d'une très petite île. Chacun aperçoit le champ d'atterrissage sur l'écran personnel qu'il a devant lui.

Carlos nous invite à descendre.

— Que personne ne s'éloigne du groupe. Entendu ?

— Bien sûr, nous nous agglutinerons, répond tante Imelda en me serrant dans ses bras.

L'endroit est très étrange. Les arbres sont malingres comme s'ils souffraient d'une maladie. Le sol est spongieux. À chacun de nos pas, de petits lézards noirs nous filent entre les pieds.

— Regardez !

Sur les branches les plus basses des arbres sont perchés des...

— Des chats ! Ce sont des chats... perchés, mes amis !

Je n'en crois pas mes yeux ! Mais à les entendre miauler et à entendre se lamenter mon Yogourt, je suis obligée d'en croire mes oreilles !

Les chats ressemblent à des hiboux avec des longues queues rayées.

— C'est une nouvelle variété féline ? demande tante Imelda à Tristan Lamertume.

— C'est sûrement une mutation due aux radiations provenant du glacier... du Diable, explique-t-il. Les Fuégiens m'ont raconté que, sur cette île, les lapins ont des cornes et les mouettes, des défenses.

— Oh ! là ! là ! Heureusement que ce ne sont pas les éléphants qui ont des ailes ! Car, alors, recevoir un de leurs petits besoins sur la tête... blague Gérard en rigolant.

— Ce que tu peux être polisson, mon vieux pirate ! le dispute ma grand-tante. On ne raconte pas ces grivoiseries devant les dames !

Moi, les blagues de Gérard ne me dérangent jamais. Au contraire, elles me font rire aussi.

— Quelle île magnifique! se pâme Myrtille Macaque.

— Écoutez!

Nous nous taisons afin d'écouter un son très étrange. La mélodie est aussi douce que celle d'une boîte à musique.

— Cela provient de ce rocher, dit tante Imelda en se dirigeant allègrement vers une énorme pierre.

— Imelda! Attention! lui crient en chœur Ruello, Myrtille et monsieur Lamertume.

— Ce sont les dragoïdes. Elles agissent exactement comme les sirènes de l'*Odyssée*. Elles chantent pour nous attirer dans leurs pièges. Il ne faut pas les écouter. Bouchez-vous les oreilles!

Nous regardons autour de nous. Carlos a disparu. Nous le cherchons partout des yeux, car personne n'oserait s'éloigner du peloton et s'aventurer tout seul.

— Où est-il passé? C'est tout un guide que vous avez là, bateau des noms!

— Nous devons continuer seuls. Ce que j'ai à vous montrer vaut la peine de rencontrer certains... petits obstacles, murmure Myrtille Macaque.

— DE QUEL GENRE D'OBSTACLES S'AGIT-IL ? ose Gérard en rangeant sa pipe dans la poche de son parka.

Myrtille Macaque est devenue très mystérieuse. Presque autant que mes parents lorsqu'ils m'ont offert en cadeau mon bichon lors de mon anniversaire.

— De tout petits obstacles de rien du tout, nous rassure notre amie contorsionniste.

— Ce qui signifie ?

— Des petites bêtes... inoffensives, finit-elle par avouer.

Gérard n'en revient pas.

— De petites bêtes tellement inoffensives que votre Carlos s'est enfui avec la trouille à ses trousses ! La belle affaire !

— Je vous jure que vous oublierez tout ça quand vous l'aurez vu, crie Myrtille Macaque.

— C'EST VRAI ! ÉCOUTEZ-LA, je vous en prie, insiste Tristan Lamertume totalement découragé.

— Il a raison, Gérard ! Donnons-lui une chance. Nous en avons vu d'autres depuis que nous nous sommes retrouvés, tu ne penses pas* ?

---

* Lire *Les terrifiantes croustilles de Tante Imelda*, Éd. HRW, 1994.

— Moi, j'ai très hâte de voir votre surprise, dis-je pour rassurer Myrtille que j'aime beaucoup.

— Allons ! Venez ! Encore un kilomètre. C'est un peu plus à l'ouest.

Carlos n'est pas revenu. Il a dû vraiment avoir peur. Il ne me semblait pas très brave non plus.

Ici, la route est escarpée. Elle grimpe entre d'énormes pierres translucides.

— Du grenat ! Oh, mon dieu ! Que du pur grenat argentin ! Passez-moi mon marteau ! s'écrie Tristan Lamertume.

L'éminent spéléologue frappe la pierre rouge d'un petit coup sec. Une parcelle s'en détache. Au moment où monsieur Lamertume la place entre le pouce et l'index, la pierre se liquéfie !

— Bateau des noms !

— Santa Maria !

— Ouaf ! Ouaf !

Monsieur Lamertume a les yeux ronds comme des billes.

— C'est le sang de la pierre philosophale. C'est la malédiction des dragoïdes. Nous ne devons plus toucher à cette pierre. D'ailleurs, personne ne vient jamais sur l'île de Wamtalouti !

— Taisez-vous, Lamertume ! J'espère que vous ne croyez pas à toutes ces légendes ! s'exclame Gérard.

— C'est vrai, à la fin! Nous allons faire la plus grande découverte du siècle. Vous serez célèbre enfin. Songez-y ! D'accord, mon cher petit Tristan ? minaude Myrtille Macaque.

Monsieur Lamertume reprend courage. Il redresse les épaules et relève la tête.

— Wamtalouti ! Viens te battre si tu es un homme !

Nous rions tous avant de reprendre la route. Nous ressemblons à un escadron de militaires, car nous avançons au même rythme en chantant :

Wam-ta-lou-ti
Viens donc ici
Montre-nous ta tête
Ce sera ta fête !

La pente est abrupte. Je dois tenir la main de tante Imelda qui n'est plus très agile. Il fait de plus en plus froid parce que nous atteindrons bientôt le sommet du mont enneigé.

Tout à coup, Myrtille Macaque s'arrête. Puis elle pousse un cri strident. À quelques mètres, nous apercevons des petites flammes bleutées au-dessus de pierres aplaties.

— On di... di... rait des lu... lu... lucioles, balbutie-t-elle.

Gérard s'approche de l'étrange endroit. Avec son canif de marin, il gratte vigoureusement l'une des plaques de granit.

— C'est une pierre tombale. D'après ce que je vois ici, l'inscription en espagnol date de 1589.

Tante Imelda s'approche à son tour en balayant du regard les environs immédiats.

— Nous sommes en plein cimetière, mes amis, constate-t-elle.

— Tu as raison, ma biche curieuse, opine Gérard.

— Je crois bien que oui, renchérit Tristan Lamertume. C'est fascinant !

Les flammes apparaissent maintenant par milliers. Tristan s'énerve.

— Ce sont les dragoïdes ! Elles veulent que nous quittions l'île. Il faut repartir.

Gérard éclate de rire.

— Connaissez-vous la légende des feux follets ? Eh bien, figurez-vous que le docteur Don Salesse m'a expliqué qu'ils existent pour vrai !

— Non...

— Mais oui. Ce phénomène légendaire s'explique scientifiquement.

— Tu es certain, mon vieux loup?

— Absolument. Lorsque l'on enterre les morts, leurs corps se décomposent. Leurs os contiennent alors une grande quantité de phosphore. Cette substance expansive ressent le besoin de sortir de la terre. Au contact de l'oxygène, elle s'enflamme. Voilà pour les feux follets!

Nous sommes tous bouche bée devant les explications de Gérard Mc Dermott.

— À mon avis, il y a quelqu'un sur cette île qui n'aime pas beaucoup la visite, constate celui-ci.

— Nous irons jusqu'au bout de notre quête, je vous dis! Allons! Hop! s'exclame Tristan Lamertume. Nous y sommes presque.

Et le spéléologue joint le geste à la parole. Il est déjà loin de nous lorsque nous entendons un autre cri strident.

— Mon Dieu! Que lui est-il arrivé? s'inquiète tante Imelda.

— Il était entendu qu'il ne devait pas quitter le groupe. L'imprudent! Le téméraire! Le... le...

— ... l'intrigant, peut-être? complète ma grand-tante.

Myrtille Macaque s'arrête pour réfléchir.

— Vous pensez que Tristan n'est pas digne de notre confiance, chère Imelda?

— Oui, je le pense. Cet homme n'a pas un regard honnête.

— On ne peut tout de même pas juger quelqu'un rien que par ses yeux! affirme Gérard.

Moi, je n'ai rien dit jusqu'à maintenant, mais beaucoup de petits détails me turlupinent.

— Il n'a pas offert ses pierres vieilles de milliards d'années à un musée. C'est très étrange, dis-je.

— C'est vrai, ça! acquiesce tante Imelda.

Myrtille Macaque réfléchit toujours. Dans son regard, nous sentons grandir une certaine méfiance envers le fouilleur de cavernes.

— Nous ne pouvons pas oublier qu'il est dans de mauvais draps! Allons à son secours, lance Ruello.

Nous sommes presque arrivés au sommet. Nous marchons en nous tenant serrés comme des sardines.

— Monsieur Lamertume! Monsieur Lamertume! crions-nous à l'unisson.

— ... tume... tume, répond l'écho des montagnes.

Personne ne répond. Nous n'entendons que le chuintement d'un ruisseau, à proximité, entre les buissons. Gérard examine le sol.

— Ici… il y a des empreintes de pas. Ce sont les siennes, j'en suis certain.

Ruello s'approche à son tour.

— Ce sont les siennes. Elles vont de ce côté.

Nous suivons les traces qui nous mènent au pied d'un immense rocher de plusieurs mètres.

— Ça s'arrête ici. Bateau des noms ! Il n'a tout de même pas traversé ce mur…

— C'est trop haut pour qu'il ait pu grimper, réfléchit Ruello. À moins que…

— À moins qu'il ait été enlevé…

— ENLEVÉ ? crions-nous de concert.

Tante Imelda, qui aime beaucoup les aventures, se ravise quelque peu.

— Ma chère Myrtille, ne croyez-vous pas qu'il faut maintenant nous avouer le but de cette aventure ? Quelle est donc cette chose que vous gardez secrète ? Quelle est cette énormité qui justifie tous ces dangers que nous semblons courir ?

— Est-ce un trésor enfoui par Magellan ? demande Gérard.

— Je pourrais vous le dire maintenant... mais nous sommes si près du but. Je tiens vraiment à vous réserver la surprise, c'est primordial!

— Et Tristan Lamertume, lui?

— Et Carlos?

— Je peux vous assurer qu'ils ne courent aucun danger! Juré craché!

Myrtille lance un gros crachat qui atterrit sur le bout de son soulier.

8

Un rescapé éteint

Il y a devant nous, en contrebas, une espèce de cratère. Quelque chose bouge derrière une touffe d'arbustes jaunes. L'atmosphère est fébrile. Nous gardons tous le silence. Le silence des gens qui sont témoins d'un grand événement. Myrtille Macaque sourit. Nous connaîtrons enfin son grand secret.

— Suivez-moi. Pas de mouvements brusques. Soyez naturels... et préparez-vous à un choc, recommande-t-elle.

Nous la suivons, les nerfs à fleur de peau. Je dois parler à mon bichon:

— Yogourt, tu ne dois pas japper, mon chien. Tu auras un beau fromage si tu es gentil.

Soudain, derrière le rocher, nous apercevons la CHOSE.

— Oh! magnifique!

— Incroyable!

— Je rêve, c'est certain. Imelda, je rêve, chuchote Gérard.

— Personne ne voudra me croire à l'école, ajouté-je.

Myrtille a les yeux dans l'eau. Elle a croisé les bras et se berce lentement.

— Tu es la plus belle chose que je n'ai jamais eu l'occasion de voir de toute ma vie. Viens, Saucesalsa! Viens. Regarde ce que j'ai pour toi.

Myrtille Macaque exhibe une belle grosse pomme de son sac.

— Devant nous, mes amis, se tient le dernier spécimen de dragon rouge de l'archipel des Dragons Éteints. J'ai toujours pensé que ce n'était qu'une légende.

C'est Carlos qui m'a parlé de Saucesalsa. Approchez-vous, il est inoffensif. Tiens, Ingrid, offre-lui cette pomme. Il en raffole.

Tante Imelda pleure comme un petit bébé. Gérard est en état de choc.

— Nous pouvons mourir maintenant que nous avons vu l'éternité, marmonne-t-il en tremblant.

Moi, je m'approche de Saucesalsa. Il est plus gros qu'un éléphant, plus grand qu'une girafe. Ses écailles rouges scintillent sous le soleil. Ses yeux sont vert jade et ornés de longs cils. Son museau est arrondi et percé de naseaux humides. Comme dans les rêves les plus fous, il vient vers moi et réclame visiblement un geste affectueux de ma part.

Ses pattes avant ne comportent pas de griffes acérées; pas de grosses dents pointues ne sortent de sa gueule.

Un vrai joli petit dragon comme dans les illustrations de mes livres.

Jamais je ne croyais un jour ressentir un tel bonheur.

Tante Imelda me rejoint. Elle me serre contre elle. Gérard a pris son air de petit garçon sage. Ruello et Myrtille Macaque continuent de pleurer doucement.

Je tends la main et Saucesalsa y appuie le museau. Je sens son souffle qui hérisse le poil de mes bras.

— Tu peux le flatter, Ingrid. Il est si doux que tu n'as rien à craindre.

Je lui offre la pomme que m'a donnée Myrtille Macaque. Le dragon rouge la saisit du bout des dents, s'assoit gentiment et la mâche en fermant les yeux.

— Jadis, il aurait préféré les pommes cuites au four, lance Gérard pour détendre l'atmosphère.

Tout le monde éclate de rire.

— Mon petit Saucesalsa est un dragon éteint, Gérard. C'est le dernier de sa race, réplique notre amie en le flattant. Sa mère est morte l'an dernier, selon ce que m'a raconté Carlos.

— Mais ce petit bonhomme rouge est en danger, n'est-ce pas, Myrtille? demande tante Imelda.

— Il est en danger, en effet. Imaginez un peu si des gens sans scrupules connaissaient son existence. Il deviendrait la cible de tous les exploiteurs.

— Ah! mais ça explique les dragoïdes, les feux follets, les lézards noirs... On a voulu nous faire peur, réfléchit Gérard tout haut.

— Et protéger cette île ! prononce une voix que nous connaissons.

Nous sommes éberlués.

— Monsieur Lamertume ! Que faites-vous ici ? On vous croyait perdu... blessé ou évaporé..., s'exclame ma grand-tante.

— Je suis l'inventeur de tous ces moyens de dissuasion que vous avez rencontrés dès votre arrivée sur l'île.

— Vous êtes un très bon inventeur, je dois l'avouer, ose timidement Gérard.

— Et... un bon comédien également, ajoute tante Imelda.

— Ma disparition faisait aussi partie du scénario. Cela aura valu la peine, n'est-ce pas ?

Le spéléologue s'approche de Saucesalsa.

— Cet animal fantastique représente l'achèvement de toute une vie. C'est l'apothéose. C'est la sublimation absolue de l'existence. Le monde entier nous sera reconnaissant. Tous les scientifiques pourront aller se rhabiller !

Myrtille Macaque rejoint Tristan Lamertume qui est en train de se gonfler d'orgueil.

— Vous n'êtes pas tout seul dans cette histoire, mon ami. Il était entendu que...

Saucesalsa serait envoyé en lieu sûr. Vous étiez d'accord...

— J'ai changé d'idée, c'est tout !

— Que non !

— Que si !

— Vous devez respecter notre entente !

Gérard intervient, lui qui ne peut supporter les disputes.

— Allons, quelle était cette entente entre vous ?

Myrtille Macaque se hâte de parler :

— Mes amis, c'est moi la première qui ai découvert Saucesalsa grâce à Carlos. Personne ne l'avait cru jusqu'à ce qu'il m'en parle. Les gens pensaient qu'il était fou. Mais, moi, j'ai eu confiance et je suis venue ici avec Tristan Lamertume. Dès que j'ai compris les dangers que courait le pauvre dragonnet, je me suis mise à réfléchir.

— Quels dangers ?

— Tristan parlait de le vendre à la Russie pour plusieurs millions de dollars américains...

— Je n'ai pas dit ça !

— Oh ! que si !

— Oh ! que non !

Saucesalsa se dirige vers Tristan Lamertume et, de son museau, le pousse par terre.

— Vous voyez bien que j'avais raison. Ce dragon rouge n'est pas si bête, après tout.

Gérard, lui, veut connaître la suite.

— Et puis...?

— Et puis, lorsque je vous ai vue, Imelda, à l'émission de David Letterman, parler de vos dindes et de votre jardin zoologique original, je me suis écriée: «Saucesalsa! j'ai trouvé ta maman!» Ça a été plus fort que moi. J'ai pensé à vous.

Tante Imelda est troublée. Elle enserre le bras de son amie avec affection.

— Imelda de Jubinville, voulez-vous prendre mon Saucesalsa au zoo de Cincennes au Québec?

Ma grand-tante n'attendait que cette invitation.

— Oui! je le veux! lance-t-elle sans la moindre hésitation.

— Ce sera tout un honneur! Imaginez un peu! Les visiteurs afflueront du monde entier pour voir le seul spécimen de dragon au monde! Jamais l'aéroport de Maribelle n'aura connu autant de voyageurs!

Ah, chère Myrtille, vous êtes géniale ! dit Gérard en applaudissant.

Je ne crois pas que Tristan Lamertume l'entende de la même façon. Il place une corde à la patte de Saucesalsa et se met à courir jusqu'au Zodiaque 3.1416.

— Que fait-il, le serpent à sonnette ! hurle tante Imelda.

— Il veut partir avec notre dragon et voler l'appareil. Nous abandonner ici, sur l'île. Le gredin !

— Allons à sa poursuite, s'écrie Ruello.

Nous courons tous vers la piste d'atterrissage, au milieu de l'île. Le dragon rouge pousse une longue plainte. Nous entendons les moteurs du Zodiaque 3.1416.

Ainsi donc, j'avais bien raison de me méfier de lui. Un scientifique qui garde ses découvertes pour lui, c'est très malhonnête.

Je pense à mes parents qui regretteront tant de m'avoir laissée partir en voyage avec tante Imelda.

Tante Imelda pleure tant qu'elle doit tordre son mouchoir de dentelle. Gérard essaie de la consoler du mieux qu'il peut.

Soudain, Ruello revient vers nous.

— Regardez !

Au lieu de s'éloigner sur la piste, le Zodiaque s'immobilise net, fait demi-tour et revient vers nous.

— Que se passe-t-il ?

Gérard utilise sa longue-vue de capitaine. Il scrute avec attention.

— Par le hublot... la cabine de pilotage... Carlos ! parvient-il à articuler.

Tante Imelda arrache littéralement la lunette des mains de son capitaine préféré.

— Mais, c'est bien Carlos ! Il... il nous salue. Il a pris la situation en main. Quel chic type tout de même ! Gérard, tu devrais songer à lui comme pilote à Air Mc Dermott..., suggère-t-elle comme elle le fait toujours.

Nous finissons par arriver à proximité du Zodiaque. Nous entendons aussitôt un beuglement étrange.

— C'est ce pauvre Saucesalsa, crie Myrtille Macaque.

Tante Imelda ne peut supporter une détresse pareille. Elle se précipite vers l'appareil.

— Mon chéri, ne t'inquiète pas ! Maman arrive !

Je ne peux m'empêcher de rire. C'est du plus grand comique. Ma chère grand-tante

accourant vers son fils, un dragon éteint venu d'une île mystérieuse en Terre de Feu ! Quand papa va m'entendre raconter cette histoire, il va croire que je suis tombée sur le coco.

Nous montons dans le Zodiaque 3.1416. Là-haut, Tristan Lamertume est assis sur un siège, penaud, ficelé comme un saucisson italien. À ses côtés se tient Carlos, l'air d'un vainqueur.

— Ye l'ai empêché de faire les bêtises ! Ye l'ai sourpris, il se sauvait avec l'appareil..., baragouine-t-il dans un français pénible.

— Ah ! le gredin ! Allez me l'enfermer dans la cale du bateau... euh... du Zodiaque ! Nous lui réglerons son cas à Ushuaia.

J'accompagne ma grand-tante et son amie jusque dans la salle des machines où se trouve Saucesalsa. Le pauvre ! Il regarde par le hublot et ses yeux sont si tristes que je jurerais qu'il pleure.

— Ne t'en fais pas, mon trésor, tu aurais fini par mourir sur cette île de malheur. Tu es tombé entre de bien bonnes mains. Mon amie Imelda va s'occuper de toi. Tu vas être bien installé au zoo de Cincennes. Tu seras célèbre dans le monde entier. «Saucesalsa, l'unique dragon de l'Univers.»

— Nous te fabriquerons un petit coin qui ressemblera à ton île. Nous te planterons des pommiers et de jolies fleurs. L'hiver, tu seras bien au chaud dans les mêmes conditions. Tu seras très heureux... et tu ne seras plus orphelin, promet tante Imelda.

Saucesalsa comprend le langage des humains, j'en suis certaine. Il s'allonge sur le parquet et attend que nous arrivions à destination.

9

Un directeur piqué au vif !

À Ushuaia, nous remettons Tristan Lamertume entre les mains du chef de la police fuégienne. Après une brève enquête, les autorités policières décident de garder sous les verrous le sinistre Tristan. On le gardera détenu jusqu'à ce que son avocat prouve que son client n'a rien à se reprocher.

— Ça me surprendrait, monsieur. Cet homme a conservé des pierres fossilisées datant de l'ère secondaire. Il a essayé de nous empêcher de nous rendre dans l'île de Wamtaluti. Il s'est montré très malveillant envers des personnes âgées. Il... il...

D'un geste, le chef de police ordonne qu'on emmène le prisonnier. Tristan Lamertume tente de s'expliquer, mais personne ne l'écoute.

Au moment de dire au revoir à nos amis, Carlos demande à Gérard Mc Dermott la permission de nous suivre au Québec.

Tante Imelda, enthousiaste à cette idée, intervient rapidement:

— Pourquoi pas, mon vieux loup? Carlos est ingénieux, courageux et honnête. Il l'a prouvé. Il pourra être la nounou de Saucesalsa.

— Et nous aurons sûrement besoin d'un interprète espagnol pour les milliers de visiteurs en provenance de l'Amérique du Sud et de l'Espagne, ajouté-je.

Gérard fait semblant de réfléchir, mais tante Imelda et moi savons que sa décision est prise depuis longtemps.

— Entendu, Carlos. Tu accompagneras le convoi samedi prochain.

Myrtille Macaque semble très heureuse du dénouement de cette aventure.

— Bon, eh bien... à bientôt mes amis. Nous serons là samedi avec le dragon... et Carlos. Vous aurez la plus belle cérémonie d'ouverture de jardin zoologique au monde!

Dès notre retour à Maribelle, nous nous précipitons au pavillon central du zoo de Cincennes.

Nous grimpons quatre à quatre les marches de l'escalier qui mène au bureau du nouveau directeur, Jacquelin Piquette.

— Oh... je... je ne v... vous attendais pas si tôt, bégaie-t-il.

— J'espère que tout va bien, mon ami. Êtes-vous fin prêt pour la cérémonie d'ouverture? Avez-vous contacté les médias? lance Tante Imelda.

— Quels médias?

— Vous avez reçu les chameaux, les cygnes trompette, les rhinocéros, les zèbres? s'enquiert Gérard.

— Qu... qu... quels chameaux? Quels zèbres?

Tante Imelda va s'évanouir. Je la retiens avant qu'elle s'écrase sur le beau chapeau

de feutre que Gérard a déposé sur le fauteuil.

Tout à coup, du plafond, surgit un joli petit singe. Il s'élance ensuite sur le fil du plafonnier pour atterrir sur les épaules de monsieur Piquette.

— Vous avez reçu le nasique, à ce que je vois, constate ma grand-tante.

— Ah ! je ne connaissais pas son nom. Aïe ! Laisse ma cravate, petit mastique... euh... petit crétin à trompette ! dispute le directeur.

— C'est un na-si-que ! Né à Bornéo d'une famille de semnopithèques sympathiques et pacifiques. Cette trompette, comme vous dites, monsieur Piquette, est un appendice nasal réservé aux mâles de l'espèce. C'est le zoo de Francfort qui nous l'a offert. Il vaut des milliers de dollars et vous... vous le laissez grimper partout dans votre bureau ! explose tante Imelda.

Puis ma grand-tante furète partout. Elle examine la liste des animaux qui devraient être arrivés. Elle vérifie le dépôt alimentaire. Elle feuillette les fiches des employés. Elle soupire. Elle frappe du pied pendant que Gérard et moi, attristés que nous sommes, surveillons cet infâme Jacquelin Piquette.

Tante Imelda soulève maintenant une grosse boîte de chocolats aux cerises.

— Ce sont mes préférés, avoue timidement le nouveau directeur du zoo.

— C'est à mes frais, bien entendu, constate-t-elle.

Sous la boîte, elle trouve une lettre écrite à la machine, provenant d'Amérique du Sud, de la Terre de Feu, plus précisément. Curieuse, elle l'ouvre. Monsieur Piquette réagit brusquement.

— Vous n'avez pas le droit !

— Je vais me gêner, peut-être. Vous n'avez pas fait la moitié du travail ! L'ouverture officielle doit avoir lieu dans deux jours !

Tante Imelda lit tout haut :

— « L'ouverture officielle doit être compromise. Le dragon rouge ne doit pas se rendre au zoo de Cincennes. Il sera vendu à Moscou pour trois millions de dollars américains à se partager. Appelez-moi : 603 427 20 20. Signé : Tristan.

— Tristan Lamertume ! crions-nous, Gérard et moi.

— Tristume... Tristan Lamertume ! Ah ! je viens de tout comprendre, mon Gérardoux ! Ces deux hyènes sont complices. Deux jolis mécréants qui voulaient nous empêcher de réaliser notre rêve. Des assassins... des tueurs de rêves, voilà ce que vous êtes ! crie-t-elle en fixant monsieur Piquette droit dans les deux yeux.

— Ah ! les gredins ! Les flibustiers de la mer Noire !

— Vous pouvez le dire !

Gérard retrousse ses manches et s'approche à deux centimètres de la figure du directeur.

— Vous allez me faire le plaisir de ramasser vos chocolats aux cerises, votre petite mallette de directeur et de déguerpir avant que je vous bouche les deux yeux ! s'exclame-t-il au faîte de sa colère.

— Vous n'avez pas le droit ! explose monsieur Piquette.

— J'ai tout les droits ! Je suis chez moi, ici ! hurle ma grand-tante.

— Partez tout de suite ou... ou je lance les tigres du Bengale à vos trousses !

Monsieur Piquette éclate de rire.

— Quels tigres ?

— DEHORS !

Le directeur ou plutôt l'ex-directeur du zoo de Cincennes dégringole les marches du grand escalier sur les talons, sa mallette derrière lui. Nous l'entendons maugréer jusqu'à sa voiture.

— Et que l'on ne vous revoie plus, espèce de piquette à la sauce piquante ! conclut Gérard.

Nous demeurons sans parler durant de longues minutes jusqu'à ce que tante Imelda brise enfin le silence :

— J'ai à parler à ton père, ma chérie.

Je sens que mon papa Bernard va devoir rendre des comptes. Ne devait-il pas surveiller étroitement l'administration du zoo de Cincennes avec le docteur Don Salesse ?

En effet, ce que je craignais est arrivé.

Mon père lui explique qu'à chaque coup de téléphone, Jacquelin Piquette lui répondait que Don Salesse était passé une heure plus tôt. Et il racontait la même chose à Don Salesse à propos de mon père. Belle stratégie. Aucun des deux ne s'est méfié. Et le directeur a pu agir à sa guise.

Mon père, qui a dû s'occuper des dindes durant notre séjour en Terre de Feu, s'est pris d'amitié pour les bêtes en général. Il a une suggestion.

— Nous allons tous nous y mettre ! Tante Imelda, organisez le travail ; nous, nous serons présents. Ce zoo ouvrira ses portes samedi comme prévu ou je ne m'appelle pas Bernard Joyal !

Tante Imelda est très heureuse. Elle se met immédiatement au travail. Elle dresse une liste des tâches et assigne chacun à l'une d'elle.

Gestion de la réception des animaux:	**Don Salesse**
Direction des installations:	**Bernard**
Direction des communications:	**Francine**
Direction du personnel:	**Imelda**
Responsable du garde-manger:	**Gérard**
Responsable de la billetterie:	**Stéphanie**
Responsable de l'ouverture officielle:	**Ingrid**

— Et pour ce travail, vous aurez tous besoin de ceci, nous dit notre présidente-directrice générale en apposant à chacun de nous une épinglette sur laquelle est écrit: ZOO DE CINCENNES, DIRECTION.

Nous travaillons tous avec beaucoup de conviction. Nous recevons les animaux qui manquaient à l'appel et Don Salesse les installe dans leur milieu respectif.

Bien entendu, pour ne pas que les bêtes aient l'idée de faire du tourisme dans la région, chacune d'elles porte à l'oreille un émetteur minuscule. Dès qu'elle s'avise de passer la clôture, elle reçoit un petit choc électrique. Voilà pour les fugitives !

Stéphanie organise la billetterie à l'entrée du parc pendant que ma mère s'assure que tous les journalistes seront présents lors de la cérémonie d'ouverture.

Gérard est très occupé. Il dresse la liste de tous les animaux et prépare une diète pour chacun qu'il affiche sur le mur Il établit aussi un horaire.

Quant à moi, je nettoie les sentiers tubulaires, j'arrose les fleurs et je gonfle les ballons pour donner au jardin zoologique un air de fête.

Le grand jour arrive !

Une foule quasi incontrôlable attend à l'entrée. Les enfants piaffent comme de jeunes zèbres. Les parents s'impatientent.

À deux heures cinquante, tel que prévu, les clairons bien astiqués, les tambours

bien tendus et les majorettes sur leur trente et un, se mettent en branle. La fanfare entonne son hymne de bienvenue. Elle dirigera la foule vers le plus beau jardin zoologique au monde : le zoo de Cincennes.

Le walkie-talkie n'arrête pas de me communiquer des messages en provenance du pavillon central.

— Ingrid, tu as bien fixé le micro ?

— Oui, c'est fait.

— Ingrid, tu as avisé monsieur le Maire qu'il doit s'adresser à la foule dans dix minutes ?

— Oui, il est près de moi avec le ministre.

— Ingrid, as-tu libéré l'aire de pique-nique pour la « surprise » ?

— J'y vais !

— Ingrid...

— Oui...

— Je t'aime, mon trésor.

Je souris tout en me dirigeant vers l'aire de pique-nique où nous attendons Saucesalsa.

À l'aide d'un porte-voix, j'invite les employés à se préparer car, dans une minute, nous ouvrirons les portes.

Puis je m'en vais prêter main-forte à Stéphanie et à ses deux compagnes. Nous ne serons pas trop de quatre pour la perception du prix d'entrée. Aujourd'hui, c'est cinq dollars pour toute la famille. Un prix spécial d'ouverture.

— Je suis si heureuse de travailler pour ta tante Imelda. Elle est tellement extraordinaire. Que tu es chanceuse ! s'exclame Stéphanie.

— Même si elle est la championne mondiale des gens bizarres ?

— Même !

— Même si elle porte des chapeaux farfelus ?

— Même !

— Même si elle est jalouse comme un pou de la baronne de La Longue Aiguille ?

— Mais oui, je l'aime quand même ! Et toi, tu es vraiment ma meilleure amie !

Mes yeux se remplissent de larmes.

— Stéphanie, j'espère que nous serons des amies comme Myrtille Macaque et tante Imelda lorsque nous serons de vieilles dames.

10

Un invité de marque

Il est quinze heures pile ! Gérard et Bernard ouvrent les barrières. Ils sont des centaines à avoir hâte de visiter le zoo de Cincennes et d'admirer la grande « surprise » annoncée dans tous les journaux.

Les enfants reçoivent tous un ballon en forme de lion ou de gnou. Tante Imelda leur souhaite la bienvenue. Elle porte un costume digne de ses fantaisies les plus

bizarres: une longue jupe en imitation de peau de léopard, une blouse faite d'écailles de cacahuètes, des bas rayés comme les zèbres et un immense chapeau surmonté d'une queue de paon déployée en éventail. Très original!

Tous les visiteurs la saluent et la félicitent. Elle a beau recevoir souvent des tonnes de compliments, ma grand-tante semble flotter au-dessus du parc tellement elle est comblée.

Soudain, un gros nuage vient assombrir le ciel de Maribelle.

— Non! il ne va pas pleuvoir! s'exclame tante Imelda. J'avais commandé du beau temps, moi!

Puis un petit garçon se met à crier:

— Regardez!

Aussitôt, tous les visiteurs ont les yeux tournés vers le ciel. Je suis sûre qu'ils n'oublieront jamais ce qu'ils voient en ce moment précis.

Une montgolfière aux couleurs vives descend lentement au-dessus de l'aire de pique-nique. Chaque câble scintille au soleil et est enjolivé de grappes de fleurs exotiques. De longs rubans flottent au vent qui se lève.

Pour éviter que la descente ne s'effectue au-dessus du parc des lions et des tigres à cause des courants d'air, le pilote du ballon laisse descendre son câble d'arrimage. Gérard s'élance, suivi de Don Salesse. Ils s'emparent du câble et l'attachent à une grosse pierre.

Les visiteurs applaudissent et crient « bravo ! » Puis, tel un papillon, la nacelle qui héberge la surprise se pose sur le sol couvert de paille pour en amortir le choc. J'accours. C'est incroyable.

Les photographes s'approchent par dizaines. Les enfants tirent sur leurs parents. D'autres, plus audacieux, entourent la nacelle.

Un beuglement que je reconnais fait entendre. La foule recule. Un museau noir hume l'air avec bruit et un murmure s'élève. Saucesalsa exhibe sa tête ronde et ses magnifiques yeux doux et tout le monde est rassuré. On pousse des ah ! et des oh ! autour de nous.

Dès qu'elle aperçoit le petit dragon rouge si mignon, la foule applaudit.

— C'est un dragon de caoutchouc, crient plus d'un sceptique.

— C'est un canular !

— C'est un éléphant déguisé en dinosaure.

— C'est une blague de madame de Jubinville !

Nous apercevons alors Myrtille Macaque, toute de jaune vêtue, et Carlos, si heureux d'être au Québec. Celui-ci me rejoint à deux pas de la scène où auront lieu les discours. Monsieur le maire Lepire a les yeux grands comme des balles de golf. Le ministre est devenu muet pour la circonstance.

Un son caractéristique se fait entendre, puis un bruit assourdissant. Gérard plisse les yeux pour mieux apercevoir l'appareil.

— Mais... bateau des noms ! C'est le Zodiaque 3.1416 ! Mais oui, c'est lui. Il se transforme aussi en montgolfière ! C'est tout simplement... fou ! arrive-t-il à exprimer.

La porte s'ouvre avec fracas. Myrtille Macaque descend la première, suivie de Saucesalsa qui porte, pour l'occasion, une grosse boucle bleue à son cou. Il semble ravi d'être parmi nous. C'est un dragon très sociable.

Notre amie contorsionniste grimpe sur le podium et s'empare du micro.

«Mes amis, mes amis... Je m'appelle Myrtille Macaque et je vous présente

Saucesalsa, le dernier des dragons rouges de l'archipel des Dragons Éteints... »

La foule applaudit avec vigueur.

«... Le gouvernement de l'Argentine m'a déléguée afin de confier Saucesalsa au zoo de Cincennes. Parce que ce magnifique projet est l'œuvre d'une grande visionnaire, mes amis. Une femme exceptionnelle qui n'a aucune limite à son imagination. Une très bonne amie: Imelda de Jubinville. »

Une clameur jusque-là inégalée s'élève au-dessus de Maribelle, plus forte que le bruit assourdissant des réacteurs de l'ancien aéroport.

« Saucesalsa est l'unique spécimen au monde. Soyez fiers de lui et prenez-en bien soin. Il permettra au zoo de Cincennes de devenir une locomotive économique pour votre région ! »

— Vive Saucesalsa ! Vive Myrtille ! Vive Imelda !

Son discours terminé, Myrtille Macaque cède la place au maire Lepire. Ce dernier est tellement abasourdi qu'il ne sait plus quoi dire. Elle invite le ministre, et celui-ci pleure comme un bébé. Elle se tourne maintenant vers moi. Je suis très gênée. Il y a, parmi les visiteurs, plusieurs camarades

de mon école. Je dois dire quelque chose. Je tremble. C'est beaucoup plus énervant que de faire une présentation orale à l'école sur les groupes de musique.

— Allons, Ingrid, tu es capable.

Je place ma bouche tout près du micro.

« Moi, je suis Ingrid Joyal. Je veux vous souhaiter la bienvenue et je souhaite longue vie à une femme si exotique qu'il faudrait lui trouver un petit coin dans notre zoo pour que tout le monde puisse un jour la rencontrer : mesdames et messieurs, Imelda de Jubinville. »

Tout le monde se met à rire. J'ai fait mon effet, je pense. Ils accueillent maintenant ma vieille tante.

Tante Imelda prononce son discours qui est, ma foi, très protocolaire. Elle n'oublie pas de présenter tous ses collaborateurs et les remercie.

« Surtout... surtout mon neveu Bernard qui a fait une grande découverte : les animaux sont nos amis. Et lorsque l'on se laisse apprivoiser par eux, ils deviennent alors indispensables. »

Mon père, qui n'a pas l'habitude des compliments, ne sait plus où poser le regard. Lui qui s'est toujours moqué de tante Imelda et de ses animaux exotiques !

Il s'approche de Saucesalsa et lui tend la main. Le petit dragon pose son museau sur le bras de mon père et... papa se retrouve à la une de tous les quotidiens du lendemain.

Épilogue

Le dragon rouge de l'archipel des Dragons Éteints est heureux. Tous les jours, hiver comme été, il est installé dans un milieu confortable avec ses arbres et ses fruits préférés.

De nombreux scientifiques sont venus de tous les coins de la planète pour étudier le phénomène. Quant à Tristan Lamertume, il coule ses jours en prison pour tentative de vol envers l'humanité.

Chaque jour, des milliers de visiteurs franchissent les barrières du zoo de Cincennes, renommé dans le monde entier.

Les bienfaiteurs affluent, l'argent s'accumule. Mais tante Imelda n'est pas contente. Elle ne veut pas de tout cet argent.

— J'ai parlé au pédiatre Jean-François Chicoine, ma chérie. Je vais envoyer cet argent à l'hôpital pour enfants. Je veux qu'ils guérissent et qu'ils viennent voir Saucesalsa aussi souvent qu'ils en ont envie.

— Ta tante est tout un phénomène, n'est-ce pas, Ingrid ? chuchote mon père.

— Je l'ai dit : il faut l'exposer au zoo de Cincennes.

— Avec les hyènes ou avec les lionnes ?

— Avec Saucesalsa. Tous deux sont les derniers spécimens de leur race.

TABLE DES MATIÈRES

Francine Allard ne manque pas d'imagination, c'est maintenant confirmé. Elle invite donc ses lecteurs, petits et grands, au pays de l'imaginaire et du fantastique, car elle prétend que la réalité est parfois trop dure.

Elle a créé le personnage de tante Imelda « parce que, dit-elle, je veux lui ressembler quand je serai devenue une vieille personne. Tante Imelda pense que l'amour existe toujours et qu'il y a encore des enfants heureux ! »

Collection Tante Imelda

des romans écrits par Francine Allard
et illustrés par Isabelle Langevin

1. **Le congrès mondial des gens bizarres**
2. **La baronne de la Longue Aiguille**
3. **Le rescapé de l'archipel des Dragons Étei**

Imprimé au Canada

Imprimeries Transcontinental inc.
DIVISION MÉTROLITHO